밥 한 숟가락에 기대어

밥 한 숟가락에 기대어

서정홍 시집

보리

차례

1부 이름 짓기

2부 아내는 언제나 한 수 위

4부 못난이 철학

1부

이름 짓기

첫눈

구륜이는 여섯 살 때부터
산길을 한 시간 남짓 혼자 걸어서 우리 집에 놀러온 아이입니다.

시인 아저씨!
거기도 눈 와요?
여기는 눈 와요.

이웃 마을
일곱 살 구륜이한테 걸려 온
전화를 받고
아이처럼 마음이 설렙니다.

눈처럼
아름다운 겨울 저녁에
구륜이와 나 사이에
하염없이 첫눈이 내립니다.

봄이 오면

상순이네 집 앞에
노란 산수유꽃 피고
슬기네 집 옆에
하얀 목련꽃 피고
산이네 집 낮은 언덕에
연분홍 진달래꽃 피고

'나도 가만있으면 안 되지!'
하면서
우리 집 마당에
앵두꽃 피고

한데 어울려

비탈진 산밭에 심어 둔
두릅과 고사리는
한데 어울려
한마을을 이루며 산다.

큰 놈은 큰 대로
작은 놈은 작은 대로
한데 어울려
한마을을 이루며 산다.

참 좋다!

여름날

고추잠자리 한 마리
괭이자루 끝에 앉아

나와 같이
산밭으로 간다.

사람 그림자조차 보기 드문
쓸쓸한 산골 마을엔
고추잠자리도 외로워

나와 같이
산밭으로 간다.

나는
괭이자루 흔들리지 않게

사뿐사뿐
산밭으로 간다.

이름 짓기

"순동 어르신,
이른 아침부터 어디 가세요?"

"산밭에 이름 지어 주러 간다네."

"산밭에 이름을 짓다니요?"

"이 사람아, 빈 땅에
배추 심으면 배추밭이고
무 심으면 무밭이지.
이름이 따로 있나."

해는 꼴까닥 넘어가고

사십 킬로그램 나락 포대를
경운기 옆에 두고
민성이 할아버지는 담배만 피우신다.

열일곱 살에 시집와서 이날까지
고된 농사일로
허리가 기역 자로 굽은 할머니는
일손 거들지 못하고
한마디 툭 내뱉으신다.

"아이고오, 저 영감
아무짝에도 쓸모가 없다 카이.
이제 늙어서 나락 포대 하나 들지 못하고
저리 털썩 퍼질러 앉아 있으이
우짜모 좋노."

늙고 병든 할아버지는
듣고도 못 들은 척
담배만 피우신다.

할아버지 할머니와 함께 늙어 온 참나무도
듣고도 못 들은 척
바람 따라 살살 흔들리는데
서산에 해는 속절없이 꼴까닥 넘어간다.

별거 아닌 소원

샘골 할머니 소원은
영감 먼저 죽고 나면
하루라도 마음 편하게
잠 한번 자 보는 것이었다.

샘골 할머니는
끝내 그 소원 이루지 못하시고
어젯밤에 심장마비로 돌아가셨다.

정자나무 아래
마을 할머니들 한데 모여
'단체'로 울고 난 뒤
영감 들으라고 수군거린다.

"에이그, 저승사자가 눈이 멀었지.
한평생 할마시만 부려 먹고 살던

저 영감부터 데려가삐덩가 안 하고."

참나무 위에서
그 소리 듣고 있던 까치들도
'단체'로 수군거린다.
알 건 다 안다는 듯이……

피는 뽑아서 무엇하랴

가을걷이 가까웠는데 숲골 할아버지 논에 피가 반이다. 지난달에 한두 번 뽑아서 태워 버려야 할 피를 그대로 두었다. 오랜 세월, 우리 겨레의 목숨 이어 주던 벼를 정부에서 수매를 하니 안 하니 지랄을 하고 있으니 피를 뽑을 정신이 있겠는가. 미치지 않은 것만 해도 다행이지.

봄부터 가을까지 벼 한 포기 한 포기 목숨처럼 살피고 하늘이 도와 풍년이 들면 무엇하랴. 젊은 것들이 수입 밀가루로 만든 빵 과자 라면 국수 우동 짜장면 피자 따위를 밥 먹듯이 먹어 대는 바람에 쌀 소비가 줄었다고, 묵은 곡식 때문에 창고가 모자란다고, 그래서 벼를 수매하기가 어려우니 농부들 스스로 팔든지 말든지 하라고 하니…….

농사 잘 지어 풍년이 들면 나라에서 상을 줘도 시원

찮을 텐데, 풍년이 든 것도 죄가 되는 나라에서 그까짓 논에 나는 피는 뽑아서 무엇하랴. 저 피란 놈은 어느 누구보다 숲골 할아버지 마음을 잘 알아. 그렇기에 저리 제 세상 만난 듯이 설쳐 대지.

개망초와 나팔꽃

나라가 망한 뒤에 나기 시작한 풀이라 개망초란다. 개망초는 한번 자리를 잡으면 둘레에 금방 퍼져 무리를 짓는다. 오늘은 산밭 여기저기 자리 잡은 개망초를 모조리 베어 버려야지 마음먹고 낫을 들었는데 나팔꽃이 개망초 가지를 감고 환하게 웃고 있다. 개망초가 벌쭉거리며 서 있는 내게 묻는다. "뭐 하고 있노, 얼른 베지 않고?" 그 말을 가만히 듣고 있던 나팔꽃이 내게 묻는다. "개망초 베면 나도 베야 하는데 우짤래?" 개망초와 나팔꽃이 나를 놀려 대는 여름 한낮에, 나는 아무런 대책도 없이 산밭을 서성거렸다.

다시 논밭으로

마을 회관에 보건소 소장님 오셨다.
조그만 가방 안에
설사약 감기약 위장약 피부약
그래도 있을 건 다 있다.

"아무래도 돼지고기 먹은 게 탈이 났는갑다.
온종일 설사하느라 일을 할 수 있어야제.
이런 데 먹는 특효약 없나?"
"특효약이 어디 있소.
나이 들수록 조심조심해서 먹는 게 특효약이지."
"나는 허리가 아파 똥 누기도 힘들고
온 만신이 다 아픈데 우짜모 좋노."
"수동 할매, 여기 안 아픈 사람이 어딨소?
쇠로 만든 자동차도 오래 쓰모 고장난다 카이.
그만큼 살았으모 아픈 기 당연하지.
안 아프모 사람이 아니라요."

보건소 소장님은
안 아픈 데가 없는
산골 마을 늙으신 농부들의 몸과 마음을
도사처럼 훤히 꿰뚫어 본다.
그리고 단돈 구백 원만 주면
약도 주고 주사도 놓아 준다.

보건소 소장님 다녀가시고 나면
한 며칠 동안
마을 회관은 잠잠할 것이다.

농부들은 언제 아팠느냐는 듯이
경운기를 몰고 호미와 괭이를 들고
이른 새벽부터 논밭으로 달려갈 것이다.

하도 불쌍하여

남한테 자랑할 거라고는
부지런하고 어진 것밖에 없는 외삼촌은
산골 마을에서 농사지으며 삽니다.

가방끈이 짧아
한글도 잘 모르시지만
하늘과 땅이 있어
밥 먹고 사는 줄 압니다.

오늘 낮에
농사도 제대로 안 짓는 상국이 아재가
농협 조합장 선거에 나와
한 표 찍어 달라고 찾아왔습니다.

외삼촌은
밥 먹을 때도 아직 멀었는데

외숙모한테 밥상 차려 오라 합니다.

제 목숨 살려 주는 밥이
어디서 왔는지조차 잘 모르는 놈이
가장 불쌍한 놈이라며
밥 한 술가락 더 얹어 줍니다.

듣고 보니 맞는 말이네

현수는 제대하자마자 산골에 들어와 농사지으며 살고 있다.
어느 날, 군대 동기가 현수를 찾아와 이런저런 이야기를 주고받았다.

"현수야, 오랜만이다.
앞으로 농사짓고 살 거라며?
농사일 힘들다 카던데
어떻노? 할 만하나?"

"걱정 마라.
농사일 못한다고 때리지는 않아."

"뭐라고?"

"야, 군대 생활 할 때
잘하면 잘한다고 맞고
못하면 못한다고 맞고
우리, 얼마나 많이 맞았노."

"현수야, 아무 잘못도 없이

틈만 나면 맞았던 그때 생각하모
지금도 온몸이 부르르 떨린다.
생각을 해 보라고.
손에 총을 들고, 입으로 평화를 말하는 게
도대체 말이나 되느냐고?"

"그래, 듣고 보니 맞는 말이네.
그러나 농촌은 군대와 반대다.
군대는 총을 들고
사람을 죽이는 연습을 하지만
농촌은 괭이를 들고
사람을 살리는 농사를 짓는다.
그리고 농사일 배운 지 석 달 지났는데
아직 한 대도 안 맞았다.
농촌엔 때릴 사람도 없고, 맞을 사람도 없다.
하하하하."

단 한마디

유기농 당근즙 42%(미국산)
유기농 오렌지과즙 25%(이탈리아산)
유기농 사과즙 22%(터키산)
유기농 토마토즙 8%(이탈리아산)
채소혼합즙 2%(국산)
레몬과즙 1%(이스라엘산)

유명한 가게에서 파는
유기농 채소 과일즙 병에 적힌 이 글을
한평생 농사지으며 살아오신 어머니한테
읽어 드렸더니
딱 한마디 하셨습니다.

"지랄하네. 그걸 누가 믿노!"

돌잔치

후배 민수의 아들 돌잔치가
가든 뷔페에서 열렸다.
돌잔치 상에는 사과 배 새우 과자 꽃…….
모든 게 땅에서 나온 것이 아니라
공장에서 만들어진 가짜배기로
한상 가득 차려져 있다.

돌잔치 상 맨 앞에는
돈 실 책, 세 가지가 놓여 있다.
어른들은 첫돌 맞은 아이한테
이 세 가지 가운데
한 가지를 집어 보라는 시늉을 한다.

아이는 둘레둘레 살피더니 책을 집었다.
옆에 있는 친척이 책을 빼앗으며
학자가 되려면 돈이 있어야 한단다.

아이는 다시 둘레둘레 살피더니 실을 집었다.
옆에 있는 다른 친척이 실을 빼앗으며
오래 살려면 돈이 있어야 한단다.

아이는 다시 둘레둘레 살피더니
어른들이 맨 앞에 놓아 둔 돈을 집었다.

와아아!
여기저기서 손뼉을 쳤다.
얼떨결에
나도 손뼉을 쳤다.

겨울 아침

백 년 만에

가장 춥다는 겨울 아침

사람만 추운 게 아니더라.

참새들도 추운 게다.

감나무 가지 위에

다닥다닥 붙어 앉은 걸 보면.

2부

아내는 언제나
한 수 위

편지 한 장

읍내 볼일 보고
밤늦게 돌아왔다.

내 책상 위에
비뚤비뚤
맞춤법 틀린 편지 한 장

"아버지, 오늘도 애썼습니다.
아들 먼저 자겠습니다.
안영히 주무세요."

형제

"형님아, 설날인데
여기저기 돈 쓸 데도 많다 아이가.
용돈 좀 주까?"
"너도 먹고살기 팍팍할 텐데,
그라고 형이 동생한테 용돈을 줘야지……."
"농사지으모 돈벌이 안 되는 줄
세상 사람들이 다 안다.
아무리 그래도 도시서 사는 내가
조금 낫다 아이가."
"괜찮다는데 자꾸 와 이리 쌓노.
쑥스럽게시리."

동생이 만 원짜리 몇 장을
내 주머니에 쑥 넣어 주었다.

모른 체 받아 두고

집에 돌아와 자리에 누웠는데
동생이 형 같고,
형이 동생 같은 생각이 든다.

아내는 언제나 한 수 위

영암사 들머리
신령스런 기운이 돈다는
육백 년 넘은 느티나무 밑에서

아내한테 말했습니다.

"여보, 이렇게 큰 나무 앞에 서면
저절로 머리가 숙여져요."

아내가 말했습니다.

"여보, 나는 일 년도 안 된
작은 나무 앞에 서 있어도
저절로 머리가 숙여져요."

빌려서, 빌려 준 돈 때문에

1984년 늦가을이었지, 아마. 알고 지내던 후배가 아버지 입원비가 없어 병원에서 쫓겨났다기에 선배한테 삼백만 원을 빌려서, 빌려 주었지. 그때 삼백만 원이면 열세 평 아파트를 살 수 있는 큰돈이었어. 산동네 달세만 원짜리 단칸방에 살면서 삼백만 원을 빌려서, 빌려 주었으니 참, 어지간히 간도 컸지.

그런데 후배가 빌려 간 돈을 갚기로 약속한 날이 삼 년이 지나고 사 년이 지났는데도 소식이 없어. 대책도 없이 마냥 기다리고 있는 내 모습이 답답했는지, 아내가 나 몰래 후배 집에 찾아갔더래. 창문도 하나 없는 반지하에서 병든 부모 모시고 사는 걸 본 아내는, 돈 받으러 갔다가 오히려 쌀을 한 자루 사 주고 나왔대나.

빌려서, 빌려 준 돈 갚느라 우린 꼬박 이십 년이 걸렸어. 왜 이십 년이나 걸렸냐고? 도시에서 열세 평 아파트 하나 장만하지 못하고 셋방살이만 하다가 산골 마을로 들어왔으니, 이십 년이란 세월이 걸린 거지.

 가진 것이 없으니 버릴 것도 없고, 버릴 것도 없으니 구질구질한 미련이나 욕심 따위도 없어. 어쨌든 성직 가운데 가장 훌륭한 성직이라는 '농부'가 되었으니, 이 얼마나 큰 축복인가. 하늘이 불러 주어야 농부가 된다 하지 않던가.

울보 아내는

이웃 마을에 사는
아기 가진 정욱이 엄마
몸이 자꾸 아프다며
걱정이 되어 울고

창원에 사는 동생들한테
제 손으로 농사지은 쌀을
그냥 주지 못하고
돈 받고 주었다며 울고

친정어머니 제삿날
농사일 바빠서
못 갔다며 또 울고

농부답게

산골 마을 농부들이
오일장에 다녀오면서
산채비빔밥 먹고 들어가자 합니다.

아내는 휴대전화를 꺼내어
산채비빔밥 맛있게 하는
모산재 식당 전화번호를 묻습니다.

"여보세요, 114 안내지요? 합천 가회에 있는
모산재 식당 전화번호를 알고 싶은데요."
"묘산재 식당이라고요?"
"아니 '묘'가 아니라 모심기할 때 '모'요."
"......"

농부들이 그 말을 듣고
모두 입이 찢어져라 웃습니다.

'모'로 시작하는 말이
모기도 있고, 모래도 있고, 모자도 있는데
하필이면 '모심기할 때 모' 자냐고…….

이른 아침부터
다랑논에서 모심기를 한 아내는
아무렇지도 않게, 정말 아무렇지도 않게
한마디 합니다.

"야야, 모심기할 때 '모' 자 맞잖아.
지금 한창 모심기 철인데."

겨울 문턱에서

큰아들 녀석도
작은아들 녀석도
군 제대하고
자립하겠다며 떠난 지 오래

아내마저
친정 나들이 가고 없다.

혼자 밥상 차려 놓고
밥숟가락 드는데
감나무 가지 위에 까치 한 마리
나를 물끄러미 바라본다.

감 다 떨어지고
이파리까지 다 떨군
감나무 가지 위에 앉아

내 마음
다 안다는 듯이.

아버지와 아들 사이

객지 나가 고생하는
아들 녀석에게
단감 한 상자 보낸 지
사흘이 지났는데
아무런 소식이 없다.

지난겨울부터 이날까지
길도 없는 산밭을 오르내리며
애써 가꾼 단감 한 상자
맛도 안 보고 보냈는데
잘 받았으면 잘 받았다
전화라도 한 통 하지.

열흘이 지났는데
아직도 소식이 없다.

"이놈아, 네가 자식 낳고 키워 봐야
이 애비 마음을 알지.
아니다 아니야, 이 애비 죽고 나서라도
그 마음 알면 다행이다."

우리 아버지가
내게 하시던 말씀을
이제는
내가 아들 녀석한테 한다.

천생연분

여름 한낮에
아내가 고추를 따면서 말했다.

"여보, 우리 옛날처럼
농사짓는 사람 하지 말고
돈 주고 사 먹는 사람 하모 좋겠소."

때마침, 나도 그 말을 하고 싶었는데
차마 하지 못하고
뚱딴지 같은 소리만 뱉고 말았다.

"아니, 당신 말대로
모두 돈 주고 사 먹는 사람 하모
누가 농사짓겠소.
말이 되는 소리를 해야지."

아내는
늘 솔직하게 말하고
나는
늘 말만 번지르르하게 늘어놓고
우리는 천생연분에 보리 개떡이라.

내가 본 아내 손금

자아아, 손금 봐 줄 테니 손을 앞으로 내밀어 봐요.
남자도 여자를 잘 만나야 하지만
여자도 남자를 잘 만나야지요.
손바닥 가운데 여기 굵은 선이 남자선인데
남편이 똥구멍 찢어지게 가난한 집안인데다
고집은 여간 아니겠어요.
그리고 한평생 사람 좋아하고 돈을 멀리할 팔자니
혼인하고 여태까지 참 고생 많이 하고 살았겠소.

엄지손가락에서 가장 가까운 선이 재물선인데
그 선이 다른 사람보다 조금 짧군요.
'공짜 복'이 거의 없어 땀 흘려 일하고
정직하게 살아야만 행복이 들어온다는 게지요.

재물선 옆이 바로 목숨선이오.
육식하지 않고, 수입 농산물 함부로 먹지 않고,

천천히 씹어만 먹어도
남편하고 오순도순 백 살까지는 탈 없이 살겠소.

자아, 이제 마지막으로 손바닥 오른쪽을 봐요.
아주 굵고 짧은 선이 네 개 있지요.
사십 대 팔자를 보여 주는 거요.
자세히 보니
그 선 아래 다랑논처럼 작은 칸들이 많은 걸 보아
아무래도 산골 마을로 들어가
사람을 살리는 농사를 지으며 살아야
모든 꿈을 다 이룰 수 있겠소.

그런데 잔잔한 손금이 다른 사람들보다 많은 걸 보아
어딜 가나 귀찮을 만큼 사람이 많이 따를 게요.
그러나 참 다행스런 일은
찾아오는 손님 가운데 그대를 괴롭히거나

해를 끼치는 손님은 없을 터이니 안심해도 되겠소.
찾아오는 손님을 따뜻이 맞이하는 것이
그대 팔자고 그게 복을 짓는 길이라오.

손금을 다 훑어보니
그대는 아름다운 자연 속에서
자유로운 삶을 누리며
행복한 죽음을 맞이할 것이니
아무 걱정 하지 마시구료.

허어, 아무리 내가 돌팔이 손금쟁이지만
이쯤하면 복채를 두둑이 내놓아야 하는데…….

모르는 사이에

문 없는 창고
반쯤 열린 낡은 신발장 안에
딱새가 집을 지었다.

지난달부터
빨랫줄에 잠깐잠깐 보이더니
나도 모르는 사이 집을 지어
알을 세 개나 낳았다.

고얀 녀석!
집주인한테 물어보지도 않고
누구 마음대로
저렇게 포근한 집을 지어
예쁜 알까지 낳았을까?

혼자 이런저런 생각을 하다

괜스레 기분이 좋다.
딱새가 나를 믿고
아무 걱정 없이
집을 지었으리라 생각하니.

한식구

생강밭 풀을 매면서
마음은 고추밭에 가 있고
고추밭 풀을 매면서
마음은 토란밭에 가 있고
토란밭 풀을 매면서
마음은 감자밭에 가 있고
감자밭 풀을 매면서
마음은 콩밭에 가 있고

몸은 하나인데
마음은 마음 가는 대로
모자람 없도록 다 나눠 준다.
다 나눠 주고도 모자라
자면서도 풀을 맨다.
손톱 밑이 다 헐었다.

유월

번개가 따로 있는 게 아니다.
농사철엔 누구나 번개가 된다.
새벽엔 다랑논에 가서 김을 매고
얼른 집에 들어와 미숫가루 한잔 마시고
산밭에 가서 감자와 양파를 캐고
새참을 먹고
바람에 흔들리는 고춧대를 묶고
점심밥을 먹고
마늘을 뽑고
낮은 언덕에 심은 호박 넝쿨 살펴보고
새참을 먹고
산밭에 가지와 오이를 따고
서산에 해가 기울면
다시 집으로 들어와
감자 택배 보낼 준비를 한다.
호미에 찍힌 놈, 못생긴 놈, 작은 놈, 큰 놈,

벌레 먹은 놈, 빛깔 퍼런 놈,
도시 사람들 싫어하는 놈들 다 가려내고
상자에 담는다.
아, 그러고 보니 저녁도 굶었다.
몸을 씻고 자리에 누웠는데 밤 열두 시다.
예쁜 아내, 손잡을 힘조차 없다.

그 짧은 시간에

아내와 나는 해보다 먼저 일어나
여태 지은 죄 갚기라도 하듯
구십 도로 허리를 숙여 다랑논에 김을 맸다.

보란 듯이 한여름 해가 뜨고
시간이 흐를수록
더위도 더위지만
허리가 끊어질 것 같다는 아내가
체면이고 뭐고 없다는 듯이
길바닥에 드러누웠다.

나도 참다 참다 못 참고
아내 곁에 드러누웠다.

"이런 바보 같은 놈!
어디 할 짓이 없어 농사를 짓냐.

니가 마누라 고생 시킬라꼬
귀신한테 단단히 홀렸든지
아니면 환장을 했지, 환장을 했어."

하늘은 높고 파랗기만 한데
왜, 왜, 자꾸
누님 말씀이 다랑논까지 따라와
나를 흔들어 놓나.

벌써 칠 년이란 세월이 흘렀는데도
자꾸 들리는 누님의 말씀.
어쩌란 말이냐
김매는 일이 밥 먹는 일인 것을.

아내는 내 속을 아는지 모르는지
그 짧은 시간에 코를 골고 자는데

나비 한 마리 한가롭게 날아간다.

사람을 살리는 일인데

나도 명색이 사내놈인데
나라고 어찌 세상에 하나밖에 없는 마누라
편하게 모시고 싶지 않겠는가.

자네가 사는 아파트가
한 평에 천만 원이 넘는다며,
반을 뚝 잘라 스무 평만 팔아도
땅도 사고 전원주택도 지을 수 있다며,
대기업 정규직이라
연봉이 칠팔천만 원이나 된다며,
그리고 퇴직금에 연금에
여러 가지 보험까지 들어 노후 걱정 없다며,

자네가 내 앞에서 자랑삼아 떠벌릴 때
나는 우리 마누라 앞에서
불알 두 쪽만 멀쩡하지

아무것도 내세울 게 없었네.

농사일에 지쳐 입안이 헐고
밥 먹을 힘조차 없어도
연봉이 칠팔백만 원도 안 된다네, 우리는.

수십 년 농사지어도
기능 수당도 없고
퇴직금도 연금도 없는 이 짓을,
나라에서 정한
최저임금조차 안 되는 이 짓을,
확 때려치우고 싶을 때가 어찌 한두 번이겠는가.

그래도 이 짓을 하지 않으면
자라나는 아이들이 무얼 먹고 살아가겠는가.
아파트를 뜯어 먹고 살 수 있겠는가.

아니면 컴퓨터나 자동차를 씹어 먹고 살 수 있겠는가.

확 때려치우고 싶을 때마다
아이들이 눈에 밟혀 다시 논밭으로 간다네.
농사가 사람을 살리는 일인데
어찌 최저임금 따위를 생각하겠는가.

부탁하네, 동무여!
두 번 다시는, 우리 마누라 앞에서
돈 자랑 좀 하지 마시게.

나도 명색이 사내놈인데
나라고 어찌 세상에 하나밖에 없는 마누라
편하게 모시고 싶지 않겠는가.

사랑 뭉팅이
할머니 말씀 가운데

마음속에

사랑 뭉팅이가 모여야

정이 생기는 법이다.

그래야만

이웃이 생기는 법이다.

＊ 뭉팅이 : 한데 뭉친 큰 덩이.

밥 문나

외할머니는 밥만 먹으면, 아무리 힘들고 어려운 일도
다 헤쳐 나갈 수 있다고 하셨다. 이 세상에서 밥이 최고였다.

어릴 때부터 쉰 살이 넘도록
굶기를 밥 먹듯이 했다는 외할머니가
갑자기 쓰러져
밤새도록 똑같은 잠꼬대를 하셨다.

"밥 문나?"

외할머니는 무엇이 그리 바쁘신지
해가 뜨기도 전에 돌아가셨다.
돌아가시면서
내 손을 잡고 딱 한마디 하셨다.

"밥 문나?"

할아버지 넋두리

내가 만일, 나도 모르게 몹쓸 말을 하거들랑 죽을 때가 며칠 안 남았구나 생각해라. 사람이 죽을 때가 되모 정 뗄라꼬 지도 모르게 몹쓸 말을 한다 카더라. 모두 두고 떠날 사람이 무어 미련이 있다고 몹쓸 말을 하것노. 정이 붙어, 붙은 정이 떨어지지 않아 그런 게지.

나 죽거든 그냥 나무 이파리 하나 바람에 떨어졌다고 생각해라. 바람 따라 떠돌다 보마, 운젠가 썩어 거름이 안 되것나. 거름이라도 돼서 나무 이파리 하나 다시 살릴 수 있으모 을매나 좋은 일이고.

나 죽거든 제사도 지내지 마라. 죽어서까지 너거들 귀찮게 안 하고 싶다. 사느라 바쁜데 제상 차릴 틈이나 있겠나. 그라고 죽었는데 제상 차려 봐야 뭐하겠노.

밤 사이에

가난한 산골 마을
몸이 아파 사흘째 누워만 계시던 할아버지가
해 질 무렵에 스스로 일어나
마당을 한 바퀴 둘러보고
감나무 아래 잠시 서 있기도 하고
장독대 앞에 앉아 키 작은 채송화도 바라보고
신발장 문도 살며시 열어 보고
집 안에 다시 들어와
옷장에 걸린 옷도 만져 보고
장롱 안에 있는 이불도 만져 보고
방마다 한 번씩 누워도 보고
걸상에 한참 동안 앉아 있다가
방으로 들어가셨다.

그다음 날, 새들은 잠에서 깨어
새로운 아침을 여는데

할아버지는
감은 눈을 뜨지 못하셨다.

3부

밥 한 순가락에
기대어

상남동에서 만난 하느님

따뜻한 구들방이 그리운 겨울밤
대낮보다 더 환한
상남동 번화가

할아버지 한 분이
낡은 손수레에
종이 상자를 키보다 높게 쌓아
건널목을 지나가신다.

신호등이 빨간불로 바뀌었는데도
천천히 천천히
절뚝거리며 걸어가신다.

겨울 찬바람이 등을 떠밀고
자동차들이 빵빵거려도
갈 길을 가신다.

어디선가

젊은 농부들과
식당에서 저녁밥을 먹고
신발장에서 신발을 꺼내
툭, 내려놓았습니다.

툭, 소리와 함께
어디선가
이런 말이 들려왔습니다.

"이놈아, 툭 소리 나지 않게
머리 숙여 살며시 놓아.
저임금에 고무 냄새 본드 냄새 참아 가며
신발 만드는 노동자들 마음을 알기나 혀.
이놈아, 은혜를 모르면 사람이 아니여."

나는 아무렇게나 떨어진 신발을

다시 들었습니다.
그리고 머리를 깊이 숙이고
살며시 놓았습니다.

큰스님과 행자

"스님, 오늘 낮에 택시를 탔는데 말입니다.
탈 때부터 내릴 때까지
기사 양반이 하느님 믿어야 천국 간다고 해요.
하도 그러기에 내가 부처님 믿는다고
분명히 말했어요.
그래도 하느님 믿어야 천국 간다고 해요.
이럴 땐, 어쩌면 좋지요?"

"아이구우, 그걸 어찌 제게 물으십니까?
하느님이고 부처님이고 모두 하나인데
무얼 믿으면 어떻습니까?
앞으로 또 그런 분을 만나면
그냥 다 믿는다고 하시지요."

"그래도 제가 불도를 닦는 사람인데
거짓말을 해서야 되겠습니까?"

"거짓말이라니요?
어차피 하느님이나 부처님이나
사람 머리로 알 수 있는 분이 아니니
그냥 다 믿는다고 해야지요."

겨울밤

밤 열 시, 지하 시장 술집에서
오랜만에 만난 동무들과
조개구이에 낙지볶음까지
푸짐하게 차려 놓고
웃고 떠들며 술 한잔 나눈 지
한 시간이 지났습니다.

우리 옆자리, 뒤이어 들어온
노숙자처럼 보이는 두 사람은
김치 쪼가리 앞에 놓고
딱 한마디 서로 주고받고는
술잔만 기울입니다.

"밥은 드셨는가?"
"아입니더."

귀한 스승

새벽이면, 탁상시계보다
더 정확하게 더 귀찮게
앵앵거리며 잠을 깨우는 파리 한 마리.

파리채로 탁 때려잡고 싶다가도
고마운 마음이 들어
그대로 둡니다.

농사철에 게으름 피우고 싶을 때는
정말이지 파리 한 마리쯤
방 안에서 키우는 게 좋습니다.

파리 한 마리
귀한 스승 삼아
함께 아침을 열면
게으름이 쏜살같이 달아납니다.

내가 가장 착해질 때

내 손으로

농사지은 쌀로

정성껏 밥을 지어

천천히 씹어 먹으면

나는 저절로 착해진다.

자격증

도서관에 가서 '아무리 바빠도 부모 노릇은 해야지요'라는 주제로 강의를 마치고 돌아왔는데, 교육 담당자한테서 전화가 왔다. 국가에서 인정하는 강사 자격증을 복사해서 보내 달란다.

나는 아무리 생각해도 자격증이 없었다. 그래서 국가에서 인정하는 거라곤 '운전면허증'밖에 없다고 했다. 교육 담당자는 웃으면서 그건 안 된다고 했다. 그렇다면 국가에서 인정하는 '농지원부'가 있는데 보내 드리겠다고 했다. 농지원부가 뭐냐고 묻기에 '삼백 평 이상 농사지으면 국가에서 농부임을 인정하는 자격증'이라고 말했다. 그것도 안 된다고 했다.

흔한 이야기지만 자연만큼 위대한 스승은 없다고 한다. 농부는 자연 속에 살고 있으니, 그것만으로도 강사 자격이 있지 않느냐고 내가 힘주어 말했다. 교육 담당자는 그제야 알았다며 전화를 끊었다.

농부, 내게도 국가에서 인정하는 자격증이 하나 있다.

밥 한 숟가락에 기대어

밥 한 숟가락
목으로 넘기지 못하고
사흘 밤낮을
꼼짝 못하고 끙끙 앓고는

그제야 알았습니다.
밥 한 숟가락에 기대어
여태
살아왔다는 것을.

들녘을 걷다가

잘생긴
늙은 호박 하나 따는 일
쉬운 게 아니더라.

심을 자리 밑거름 넉넉해야 하고
튼튼한 씨앗 있어야 하고
새싹이 자라 덩굴 감고 올라가면
절대 손대선 안 되고
애호박 열리면 따 먹지 말아야 하고
비바람 견딜 수 있도록
자리 잡아 주어야 하고
다른 사람 손 타지 않게
틈만 나면 눈길 주어야 하고
서리 맞히면 안 되고…….

하늘과 땅과 사람이

서로 나누고 섬겨야만
늙은 호박 하나 딸 수 있으니

그대여, 들녘을 걷다가
늙은 호박 하나 눈에 띄거든
그냥 지나치지 마시라.

나를 두고 온 자리

찬바람 불고 어둠이 내리는데
열서너 살쯤 되는 아이가
낡은 책가방 부둥켜안고
가회 우체국 모퉁이에 앉아 있습니다.

어깨는 땅에 닿을 듯이
축 처져 있고
눈은 세상의 절망을
이미 다 보았다는 듯이 흐릿합니다.

문득 그 아이한테 다가가
아무 말이든 해 보고 싶었습니다.
망설이다 망설이다
끝내 말 한마디 건네지 못하고
집으로 돌아와 자리에 누웠습니다.

아무리 눈을 감아도
잠이 오지 않습니다.

희뿌옇게 창이 밝아 오기 시작해서야
그 아이가 앉은 자리에
나를 두고 온 걸 알았습니다.

스승과 제자

아는 사람이 하도 많아
마음만 먹으면 얼마든지 돈을 벌 수 있는
스승이 있었습니다.

스승이 딱할 만큼 가난하게 사는 것을
늘 못마땅하게 여기는
제자가 있었습니다.

어느 날, 그 마음을 눈치챈 스승이
제자를 불러 놓고 물었습니다.

"떨어진 양말을 기워 신는 사람이
죄를 많이 짓겠느냐
아니면 떨어졌다고 함부로 버리는 사람이
죄를 많이 짓겠느냐?"

"아무래도 함부로 버리는 사람이
죄를 많이 짓지 않겠습니까?"

"그렇다면
사람이 어떻게 살아야 하는 것이냐?"

안주와 술맛

출근하자마자 작업반장이 갑자기 주문량 늘었다고 철야작업을 해 달라고 해서, 말 그대로 나는 밤새 눈 한번 안 붙이고 철야작업을 했다 아이가. 그런데 작업반장이 출근하자마자 묻더라 카이. 작업량은 다했느냐? 기계 고장은 나지 않았느냐? 비싼 공구는 부러뜨리지 않았느냐? 니기미씨팔, 사람보다 중요한 게 한두 가지가 아이라 카이. 언제쯤 작업반장이 이렇게 묻겠노. 밤새도록 일하느라 얼마나 피곤하냐? 다친 데는 없냐? 야식은 제때 잘 챙겨 먹었냐? 하하하! 내가 괜히 술맛 떨어지는 소릴 했구마. 미안, 미안하이.

용만이 형, 미안하긴 와 내게 미안하요. 더럽고 좆같은 세상 탓이지. 작업반장도 알고 보면 불쌍한 사람이잖소. 먹고사는 일이 만만찮으니……. 그리고 술 마실 때 아니면 우리가 언제 속 털어놓고 누굴 씹겠소. 또 씹을 안줏거리 없소? 씹을 안주가 많아야 술맛이 나지요. 술맛이라도 나야 거꾸로 돌아가는 세상 속에서 중심 잡고 살지 않겠소.

봄날은 간다

나이 : 쉰 살

가족 : 딸 둘, 아들 하나

근무 : 25년

월급 : 190만 원

재산 : 17평 아파트 한 채와 자질구레한 통장 몇 개
10년이 지난 소나타 승용차와 더 오래된 텔
레비전

고향 친구 영진이가 삼사십 대를 거쳐 오십이 되기까
지 중소기업에 다니면서 모은 재산과 간단한 소개다.
이십오 년 전, 최 사장이 일백만 원짜리 낡은 중고 기
계를 두 대 사 놓고 함께 일해 보자고 하기에, 이날까
지 마음 변치 않고 일밖에 모르고 살아왔다. 일꾼들 모
두 내 일처럼 몸 아끼지 않고 일한 덕에 지금은 일꾼이
팔십 명이나 된다. 재산은 이백 억이 넘는다. 이십오
년 전보다 재산이 일만 배 늘었다.

최 사장 재산이 일만 배 늘어날 동안, 영진이는 똑같은 공장에서 똑같은 세월을 보냈는데, 재산 늘어난 것은 십칠 평 아파트 한 채뿐이다. 아니지, 근육통과 신경통에 속병도 늘고, 나이도 늘고, 아이들 자란 만큼 손등과 얼굴에 주름살도 늘었다. 오 년 전, 절단기에 빼앗긴 손가락 두 개는 줄어들었지만…….

최 사장은 오늘 대낮부터 사장 몇몇 어울려 골프 치러 가고, 영진이는 잔업 끝내고 시장 지하 술집에서 목구멍에 붙은 쇳가루 기름때 벗긴다고 삼겹살에 소주를 마시고……. 그 소주에 취해, 착하고 어진 것 말고는 자랑할 게 없는 영진이의 봄날은 간다.

후유, 꿈이었구나

이놈들아,
제상 확 엎어 버리기 전에
다 치워라.

아무리 봐도 먹을 게 없구나.
핀란드산 조기에
중국산 나물에
미국산 오렌지에
칠레산 포도에
온통 믿을 수 없는
수입 농산물뿐이구나.

예끼, 이놈들아!
한 해 한 번, 저승에서 이승까지
그 먼 길을 애써 찾아온 이 할애비가
이따위 음식을 먹고 가란 말이냐.

이놈들아,
제상 확 엎어 버리기 전에
다 치워라.

맞는 말이면 손뼉을

효자는

농번기 때 오고

불효자는

농한기 때 온다.

농사 시계

재재잭 재재재재재잭
휘이이이잉 휘리이이이
끼리리리이 끼리리리익
꼬구우욱 꼬꾸우욱
까아악 까칙까칙

이른 아침
작은 산골 마을엔
새들이 먼저 일어나
아침 인사를 주고받습니다.

농땡이 부리지 말라고
새들이 먼저 일어나
부지런을 떱니다.

하도 재잘거려

벌떡 일어나면
딱, 어제 그 시간입니다.

차이

돈 되는 일은

말 많은 사람이 알고

돈 안 되는 일은

말 없는 하늘이 안다.

그런데

가난한 사람을 살리는 학교가
좋은 학교다.
가난한 사람을 살리는 언론이
좋은 언론이다.
가난한 사람을 살리는 단체가
좋은 단체다.
가난한 사람을 살리는 정치가
좋은 정치다.
가난한 사람을 살리는 종교가
좋은 종교다.
가난한 사람을 살리는 나라가
좋은 나라다.
가난한 사람을 살리는 세상이
좋은 세상이다.

풍경 1

뒤에서 봐도
늙은 농부가
비탈진 산밭으로
털털거리는 경운기를 타고 간다.

늙은 농부 앞세워
화사한 등산복을 입은
젊은이들이
왁자지껄 걸어간다.

풍경 2

목욕탕에서
불알 내놓고
골프 연습하는
중늙은이를 보았다.

똥배에 가려
참 볼품없는 불알이
시계추처럼
이리저리 흔들렸다.

그리운 사람

몇 해 전이었다. 억울하게 감옥에 갇힌 동무를 만나려고 진주 대곡 교도소로 갔다. 정문 경비가 주민증을 보여 달라고 했다. 아무리 찾아도 주민증이 없었다. 아무래도 집에 두고 온 것 같다고 말했다. 먼 곳에서 겨우 틈을 내어 왔으니 면회할 수 있게 해 달라고 사정사정했다.

그랬더니 젊은 경비가 주민증 말고 증명할 수 있는 게 없느냐고 물었다. 가방을 뒤적거려 보았다. 아, 마침 내가 펴낸《58년 개띠》시집이 한 권 있었다. 시집 안쪽 표지에는 내 사진과 함께 이런 글이 쓰여 있었다. "1958년 마산에서 태어나……, 1992년 제4회 '전태일 문학상'을 받았으며……."

그걸 쭉 읽던 경비가 시집을 주민증 대신 맡겨 두고 들어가라 했다. 그날, 시집을 주민증 대신 경비실에 맡

겨 놓고 동무를 면회하고 돌아왔다. 나는 가끔 가난한
시인의 시집을 주민증 대신 쓰게 해 준 그 사람이 그립
다. 어디서 무얼 하고 있는지.

휠휠

추운 겨울 내내
바싹 마른 채
가지에 매달려 있던
단풍나무 이파리

봄이 온다고
가지마다
새순 틔울 즈음

매달려 있던 자리
새순에게 내어 주고
봄바람 따라
휠휠 날아간다.

4부

못난이 철학

어찌하랴

붙잡아도 가고

붙잡지 않아도 간다,

세월은.

나도 저렇게

햇볕 잘 드는
낮은 언덕에서

제 할 일 다 마치고
누렇게 익은 호박처럼

나도 그렇게
늙고 싶다.

모난 데 하나 없이
둥글게 둥글게.

늦가을 밤에

늦가을 밤에
마음 나눌 벗이 없어
마당을 서성거리는데

노란 은행 이파리 하나
어깨 위에
살포시 내려앉는다.

나
여기
있지 않느냐고.

보는 눈에 따라

함박눈이 밤새 내려

나뭇가지마다

소복이 쌓였는데

사람들은 보기가 좋단다.

밤새 내린 눈 때문에

찢어질 것 같은데,

나뭇가지가.

나와 함께 모든 것이

텔레비전도 늙어 앞이 흐릿하고
냉장고도 늙어 찬 기운이 없다.
라디오도 늙어 지지직거리고
장롱도 늙어 삐꺽거린다.
마당에 감나무며 무화과나무도 늙어
아래로 축축 늘어진다.
마을 길도 늙어 돌담이 무너지고
무너진 돌담 사이로 어슬렁거리는
고양이도 늙어 가르릉거린다.
아내도 늙어
어디 성한 데 하나 없어 끙끙거린다.

나와 살던 모든 것이
나와 함께 늙어 가나니.

무덤가에 누우면

무덤가에 누우면

어쩐지 참 편안하다.

돌아가야 할 곳이라

돌아가서

다시 태어날 곳이라

어머니 품 같은 곳이라.

똑같은 목숨인데

집 안에 파리 들어오면
여기저기 붙어서 똥 싼다고
보이는 대로 때려잡아야 한다는
아내 말을 듣고
살며시 파리채를 들었다.

밥 냄새 솔솔 나는 밥통 위에
파리 한 마리
도망갈 생각도 않고 착 붙어 있다.

살려 달라고
무릎 꿇고 싹싹 빌 줄 알았는데
'아이고, 죽이려면 죽여 봐라
내 팔자나 니 팔자나
태어나서 한 번 죽지 두 번 죽냐.'
하면서 나를 노려본다.

그래, 네까짓 게
처먹고 똥을 싸면 얼마나 싸겠냐 싶어
아내 몰래
아무 죄도 없는 밥통만 탁 내리쳤다.

슬픈 아침

이웃 마을, 천수 어르신
천년만년 살 것처럼
송곳 꽂을 땅 한 평
남한테 빌려 주지 않더니

송곳이 아니라
바늘 꽂을 땅 한 평
갖고 가지 못하고
오늘 새벽에 돌아가셨다.

무슨 구경거리라고
마을 텃새들 다 모였다.

고백록

늙을수록

지은 죄가 많아

하품을 해도

눈물이 나옵니다.

고맙다

김남주 시집을 읽다 보면
그 시집 속의 시가
펄펄 살아서
나를 뚫어지게 바라보다가
여기저기
나를 따라다니다가
허락도 없이 잠자리까지 들어와
나를 흔들어 깨운다.

죽으면
밤낮도 모르고 잠만 잘 텐데
어쩌자고 벌써
편히 누울 생각을 하느냐며
나를 흔들어 깨운다.

고맙다.

시인에게

사람이 그리워
저녁노을을 마냥 바라본 적이 있는가.
사람이 그리워
수많은 별을 헤아려 보았는가.
사람이 그리워
잠 못 든 밤이 있는가.

사람이 그리워
다만 사람이 그리워
새벽녘에 일어나 시를 써 보았는가.
시를 쓰다가, 시를 끌어안고
울어 보았는가.

사람이 그리워
눈물로
얼굴을 흥건하게 덮어 본 적이 없다면

시인이여,

시 쓰지 마시라.

못난이 철학

똑똑한 사람이 없으면
사람을 죽이는
무기를 만들지 못할 것이고
무기가 없으면
비참한 전쟁도 일어나지 않을 것이다.

똑똑한 사람이 없으면
언제, 어디서,
무슨 일이 일어날지 모르는
무시무시한 핵발전소도
만들지 못할 것이다.

똑똑한 사람이 없으면
수천수만 년
잘도 흘러가던 아름다운 강을
어마어마한 돈을 들여

파헤치는 짓을 절대로 하지 않을 것이다.

똑똑한 사람이 없으면
집을 두세 채 가진 사람도
집이 없어 애태우는 사람도
없어질 것이다.

똑똑한 사람이 없으면
어질고 착한 사람들이
느리고 미련한 사람들이
서로 나누고 섬기며
모두가 가난하면서도
모두가 부유한 세상을 만들어 갈 것이다.

네 것 내 것 따지기 좋아하고
사람 위에 앉아 사람 부리기 즐기고

돈벌이 되는 곳에 똥파리처럼 달려들고
명예와 권력 따위에 눈치 빠르고
땀 흘려 일하지 않고 떵떵거리며 살고 싶은
똑똑한 사람이 없으면…….

종이 잔을 버리다가

네 눈에는

이게 쓰레기로 보이느냐?

이건 나무의 살이고 피다!

거룩한 혼이다,

지금도 살아 숨 쉬는.

머지않아

농약과 방부제와
유전자조작 식품인가 뭔가
또 무엇이 들었는지 알 수 없는
수입 사료를 먹은 짐승들이
한 마리도 빠짐없이 병에 걸렸다.

옆집 개와 소는 폐암에 걸려
하루에도 몇 번씩 피를 토하고
앞집 사슴과 돼지는 백혈병에 걸려
헉헉거리고
뒷집 염소와 오리는 간경화로
배가 산처럼 부어오르고
뒷집 바로 뒷집 닭은 아토피가 심해
밤에도 잠을 자지 못하고 긁어 댄다.

살아 있는 모든 것이

모두, 하나같이.

공원묘지 가는 길

한가위, 길가에 늘어서서
조화를 파는 할머니들

가을바람에도
흔들리지 않는 조화를
억지로 흔들어 댄다.

죽은 사람은 죽은 사람이고
산 사람은 어찌 살아도
살아야 하지 않겠냐며
자꾸만 자꾸만 흔들어 댄다.

에라, 모르겠다.
산 사람부터 살리자 마음먹고
조화 한 묶음 덥석 받아들었다.

나이 예순이 되면

나이 들어 내가 할 수 있는 일이
이웃과 아이들한테 시간을 내어 주는 일 말고 무엇이 더 있겠는가.

새벽에 일어나 누군가를 위해 간절히 기도하고, 오전엔 세상 걱정 모두 내려놓고 땀 흘리며 나무를 심고 밭을 가꾸리라. 오후엔 책을 읽으며 마음을 닦고, 해가 지면 아이들을 만나 슬기로운 옛이야기 들려주고, 함께 시를 쓰고 노래를 부르리라. 짬을 내어 젊은이들과 어울려 지난날을 거울삼아 앞날을 이야기하고, 마음 나눌 벗을 만나 술 한잔 나누리라.

틈만 나면 맨발로 흙을 밟으며, 나무를 끌어안아 보고, 나무에 기대어 낮잠도 자리라. 키 작은 들꽃과 이른 아침부터 잠을 깨우는 새들과 이야기를 나누고, 흐르는 물소리에 귀를 기울이며, 가만히 하늘을 보리라.

두 번 다시는 허둥거리며 살지 않으리라. 무슨 일을 하든, 누굴 만나든 따뜻한 마음을 잃지 않으리라. 외로움에 지친 이들에게 자주 편지를 쓰고 좋은 책을 선물

하리라. 살다 보면 어찌 눈물 마를 날이 있으랴마는,
그 눈물로 메마른 세상을 흠뻑 적실 수 있다면 얼마나
좋으랴.

약속

지난봄
혼자 사시던
아흔세 살 인동 할머니
돌아가시던 날

혼자 사시던
팽기 할아버지가
말씀하셨다,
다음은 내 차례라고.

그 약속이
오늘 이루어졌다.

문득문득

자주 만나는 사람들과

늘 보는 풍경마저

낯설게 느껴질 때가 있습니다.

이승과 저승

그 틈 사이에

홀로 서서.

하루

산밭에서
이랑을 갈다가
그 자리에 누웠습니다.

나는 금세
이랑과 하나가 되었습니다.
참 편안합니다.

하늘에 구름이 흘러가고
구름 사이로 햇살이 비치고
새들이 날고
노랑나비 한 마리 춤을 춥니다.

바쁠 것도 없다는 듯
너울너울.

외로움에 지친 벗들에게

1995년 《58년 개띠》 시집을 내고, 십칠 년 만에 다시 보리출판사에서 시집을 내게 되었습니다. 삼십 대인 그때와 오십 대인 지금, 생각과 삶이 많이 달라졌습니다.

그때는 노동자로 살면서 시를 썼지만, 지금은 농부로 살면서 시를 씁니다. 그때는 도시에서 누가 시키는 대로 일하고 누가 주는 월급으로 살았지만, 지금은 산골 마을에서 누가 시키지 않아도 일하고 하늘이 주는 곡식으로 살고 있습니다. 그때는 사람한테 잘 보이기 위해 살았지만, 지금은 하늘한테 잘 보이기 위해 삽니다. 그때는 황금보다 귀한 똥오줌을 생각도 없이 '수세식 변소'에 버렸지만, 지금은 '생태 뒷간'에 모아 거름을 만들어 사람을 살리는 논밭에 뿌립니다.

그때는 늙고 병든 농부들이 목숨 걸고 농사지은 곡식을 얻어먹고 살았지만, 지금은 내 손으로 농사지어 먹고싶습니다. 그때는 상추 이파리 하나조차 돈이 있어야 사먹을 수 있었지만, 지금은 문만 열고 나가면 산과 들에 먹을거리가 많아 아무 걱정 하지 않아도 됩니다. 그때는 돈이 없으면 하루도 살 수 없었지만, 지금은 아주 적은 돈만 있어도 한 해를 살 수 있습니다.

그때는 사람이 워낙 많아 내가 사람들에게 걸림돌이 되기도 했지만, 지금은 사람이 워낙 적어 서로가 서로에게 없어서는 안 될 소중한 이웃이 되었습니다. 그때는 이웃과 이웃이 닫혀 있어 이웃이 무슨 일을 하는지 알지 못해도 사는 데 아무런 지장이 없었습니다. 그러나 지금은 이웃과 이웃이 늘 열려 있어 아무리 작은 실수와 잘못을 저질렀다 하더라도 서로 마음을 풀지 않으면 결코 편하게 살 수 없습니다. 그때는 내 존재가 없어도 그만이었지만, 지금은 논밭 어디에서나 늘 내 손길을 기다리고 있다는 걸 온몸으로 느낄 수 있습니다.

그러나 그때나 지금이나 사는 게 쉽지 않습니다. 글

을 쓰는 것도 어렵고, 가끔 사람들 앞에 서서 말하는 것은 더욱 어렵습니다. 사람답게 살지도 못하면서 입만 살아서 떠들어 대는 내 모습을 내가 보고 있으니 어찌 사는 게 어렵고 부끄럽지 않겠습니까.

여태 사람답게 사는 길을 찾으려고 스스로에게 묻고 또 물었습니다. 그 길이 내 마음속에 있다는 것을 티끌만큼 깨닫는 데도 어언 오십사 년이 지나갔습니다. 그래도 늦게나마 조금씩 조금씩 내 마음을 내가 볼 수 있으니 참 다행입니다. 가장 단순하고 가장 평범한 곳에 가장 깊은 진리가 있다는 것조차 여태 모르고 살았습니다. 세상 속에 나를 함부로 맡기고, 겉으로 내세우기 좋아하며, 철없이 살아왔음을 솔직하게 고백합니다. 부디 용서하시기를……

이렇게 철없는 농부의 글을 귀하게 여겨, 곱게 시집을 펴내 주신 보리 식구들과, 기꺼이 사진을 시집에 쓰게 해 주신 최수연 선생님, 지리산 넉넉한 품속에서 소나무처럼 살고 있는 박남준 시인께 고마움을 전합니다. 이

시집을 달랑 불알 두 쪽밖에 없는 사내를 만나 삼십 년
세월 동안 온갖 가난과 서러움을 참고 견디며 살아온 아
내와, 질기고 모진 삶에 지친 젊은이들과 벗들에게 바칩
니다. 부디 삶과 죽음과 외로움을 함께 나눌 수 있기를,
그리하여 함께 희망을 찾을 수 있기를…….

나무실 마을에서
맑고 아름다운 세상을 꿈꾸며
서정홍

겸손하고 순정하여라
그대의 밥상이여

박남준 시인

초여름 마당 한쪽 작은 텃밭에 올라온 풀들을 뽑는다. 잠시 몸을 움직이는데도 후줄근 땀이 비 오듯 쏟아진다. 풋고추 한 주먹, 깻잎 몇 장, 가지 세 개 따서 방으로 들어온다. 점심은 가지나물을 무쳐서 먹어야지.

열무김치와 풋고추와 된장, 가지나물 반찬 밥상 앞에 앉아 기도드린다.

이 밥상이 여기 오기까지 모든 수고로운 땀방울들께 고맙습니다. 또한 바람과 햇빛, 비구름과 달과 별빛들이여, 생명의 대지여, 잘 먹겠습니다.

손바닥만 한 텃밭을 가꾸는데도 돌보는 잔일이 만만치 않은데 농사를 지어 경제를 풀어 나가는 사람들은 오죽하겠는가. 산골 마을에서 농사를 지으며 시를 쓰는 시인을 떠올린다. 그의 소박한 밥상을 생각한다.

세상의 음식들은 얼마나 번쩍거리고 요란한가. 화려한 기교로 기름칠을 한 밥상들이 매스컴에 오르내리고 거짓을 포장하여 진실인 양 퍼트리며 세상을 혼탁하게 만들고 있다.

서정홍 시인의 시를 읽으며 그런 생각이 들었다. 소박한 밥상을 먹고 사는 사람만이 이런 시를 쓸 수 있다고. 기름기 가득한 밥상을 찾으며 아랫배가 불룩하게 튀어나온 시인들은 절대로 쓸 수 없는 시라고.

달그락달그락 그가 보내온 밥상을 마주한다. 여름날 그가 아내와 함께 서로의 더운 땀을 닦아 주며 농사를 지은 쌀밥을 한 숟갈 입안에 떠 넣는다.

두런두런 그가 아내의 등을 다독여 주며 나누던 정담이 들려온다. 겨울바람에 말려 두었던 푸른 시래기된장국도 떠먹어 본다. 장독대에서 퍼 온 된장으로 두 볼이 터질 듯 가득 상추쌈도 해 본다. 매운 풋고추가 입안을 얼얼하게 한다. 그의 아내가 논밭으로, 부엌으로 향하며 엎드려 일하고 날마다 상을 차리느라 고되었을 바쁜 걸음이 뒤따라 나온다.

산골 마을 할머니와 할아버지가 따라 나오고 이제 세상 사람이 아닌 어른들이 제사상을 기웃거리는 희끗희끗한 그림자가 되어 오래 묵은 나무 그늘에 어른거린다.

한번 가 봐야지. 가 봐야지 했는데 아직 그가 사는 집에 가 보지 못했다. 보내온 시편들을 읽는데 자꾸 코끝이 시큰거리고 누선이 뜨거워졌다. 그렇게 살고 있구나. 그도 무덤 옆에 누우면 편안해진다는 나이에 들었구나.

그가 보내온 밥상을 다 비웠다. 뱃속이 맑고 깨끗해진다. 한 줄기 푸른 소나무 숲을 건너온 청량한 바람이 몸 안을 쓸고 간다. 구절초꽃 향내가 입안을 맴돈다. 한 그릇의 밥이 몸을 살리는 양식이라면 한 편의 시는 지친 영혼을 쓰다듬어 주며 살찌우는 무공

해 치유식이다.

시집을 덮는다. 숟가락과 젓가락을 가만히 내려놓는다. 그리고 조용히 두 손을 모은다. 고맙습니다. 잘 먹었습니다. 기도드린다. 눈을 감고 그의 뜰 앞을 그려 본다.

봉숭아꽃이, 채송화꽃이 햇살 아래 반짝이고 있을 거야. 지금쯤 그는 아마 채송화꽃 앞에 엎드려 그 가물가물한 채송화 꽃씨가 보여 주는 아주 작은 노래를 들여다보고 있을 것이다.

밥 한 순가락에 기대어

글쓴이 서정홍

2012년 7월 16일 1판 1쇄 펴냄 | 2019년 10월 18일 1판 5쇄 펴냄

사진 최수연
편집 김로미, 김소영, 이경희, 조성우
디자인 한아람 | **제작** 심준엽
영업 안명선, 양병희, 최민용 | **잡지 영업** 이옥한, 정영지 | **새사업팀** 조서연
대외 협력 신종호, 조병범 | **경영 지원** 임혜정, 한선희
인쇄 (주)로얄프로세스 | **제본** (주)상지사 P&B

펴낸이 윤구병 | **펴낸 곳** (주)도서출판 보리 | **출판 등록** 1991년 8월 6일 제9-279호
주소 (10881) 경기도 파주시 직지길 492
전화 031-955-3535 | **전송** 031-950-9501
누리집 www.boribook.com | **전자우편** bori@boribook.com

© 서정홍, 최수연, 2012

보리는 나무 한 그루를 베어 낼 가치가 있는지 생각하며 책을 만듭니다.

ISBN 978-89-8428-756-3 03810

이 도서의 국립중앙도서관 출판시도서목록(CIP)은 서지정보유통지원시스템 홈
페이지(http://seoji.nl.go.kr)와 국가자료공동목록시스템(http://www.nl.go.kr/
kolisnet)에서 이용하실 수 있습니다.(CIP제어번호: CIP2012003070)